हिन्द पॉकेट बुक्स

अमर शहीद

ऊधम सिंह

यह महान क्रान्तिकारी सरदार ऊधम सिंह की प्रेरक जीवनी है, जिसे बच्चों और किशोरों के लिए तैयार किया गया है, ताकि इसे पढ़कर बच्चों में उनके जैसा बनने, ऊँचा उठने और सच्चाई के रास्ते पर चलने की प्रेरणा जाग सके।

उन्होंने जालियाँवाला बाग हत्याकांड के उत्तरदायी माइकल ओ डायर को मारा था, जो जलियाँवाला बाग कांड के समय पंजाब के गवर्नर थे।

यह जीवनी अत्यंत आसान भाषा में है और रोचक ढंग से लिखी गई है। इसे याद करने में भी आसानी होगी। यह जीवनगाथा दर्जनों सुंदर चित्रों से सजी हुई है और इसके अंत में एक प्रश्नोत्तरी भी दी गई है, ताकि आप अपनी परीक्षा स्वयं ले सकें।

सुरुचिपूर्ण एवं प्रेरणादायक सचित्र जीवनी

अमर शहीद

ऊधम सिंह

अवधेश कुमार चौबे

हिन्द पॉकेट बुक्स
पेंगुइन रैंडम हाउस इम्प्रिंट

हिन्द पॉकेट बुक्स

यूएसए | कनाडा | यूके | आयरलैंड | ऑस्ट्रेलिया | सिंगापुर
न्यू ज़ीलैंड | भारत | दक्षिण अफ्रीका | चीन

हिन्द पॉकेट बुक्स, पेंगुइन रैंडम हाउस ग्रुप ऑफ़ कम्पनीज़ का हिस्सा है,
जिसका पता global.penguinrandomhouse.com पर मिलेगा

पेंगुइन रैंडम हाउस इंडिया प्रा. लि.,
चौथी मंजिल, कैपिटल टावर -1, एम जी रोड,
गुड़गांव 122 002, हरियाणा, भारत

पेंगुइन
रैंडम हाउस
इंडिया

प्रथम संस्करण हिन्द पॉकेट बुक्स द्वारा 2014 में प्रकाशित
यह संस्करण हिन्द पॉकेट बुक्स में पेंगुइन रैंडम हाउस द्वारा 2022 में प्रकाशित

10 9 8 7 6 5 4 3 2

ISBN 9789353491703

मुद्रकः रेप्रो इंडिया लिमिटेड

www.penguin.co.in

FSC www.fsc.org MIX Paper from responsible sources FSC® C047271

This is a legitimate digitally printed version of the book and therefore might not
have certain extra finishing on the cover.

क्रम

जन्म एवं वंश परिवार

जलियाँवाला बाग में निहत्थों को भूनकर अंग्रेज भारत की आजादी के दीवानों को सबक सिखाना चाहते थे, जिससे वह ब्रिटिश सरकार से टकराने की हिम्मत न कर सकें, किन्तु इस घटना ने स्वतंत्रता की आग को हवा देकर बढ़ा दिया। ऐसी ही आग अमर शहीद ऊधम सिंह के हृदय में भी धधक उठी थी।

अमर शहीद ऊधम सिंह ने कानपुर निवासी चूहरराम हरिजन के घर माता नारायणी देवी की कोख से 26 दिसम्बर सन् 1899 को पटियाला, पंजाब में जन्म लिया। उनके पिता चूहरराम अत्यन्त निर्धन थे। रोजी-रोटी के लिए वे पटियाला चले गए थे। उनकी माता नारायणी देवी भयंकर भुखमरी और क्षय रोग जैसी बीमारी से संघर्ष करते हुए शहीद हो गयीं।

अमृत छकने के बाद चूहरराम का नाम टहल सिंह पड़ा था और वे सिख हो गए थे। उनका पैतृक व्यवसाय खेतीबाड़ी था। लेकिन, उससे परिवार का गुजारा चल नहीं पा रहा था। इसलिए सरदार टहल सिंह को पड़ोसी गाँव उपाल में रेलवे क्रासिंग पर चौकीदारी की नौकरी करने को मजबूर होना पड़ा। शहीद ऊधम सिंह का पिता टहल सिंह रेल डिवीजन फिरोजपुर में उपली रेलवे क्रॉसिंग गेट नंबर-70/2 किलोमीटर 81:5 (सुनाम-संगरूर लाइन) पर तैनात था, जबकि ऊधम सिंह खुद भी

1917-1922 तक रेलवे में चालक व गार्ड की नौकरी करता रहा और उसकी ड्यूटी अफगानिस्तान के बार्डर पर थी। रेलवे में कार्यरत रहने के दौरान उसने फौज के हथियारों को सही जगह भेजने में भूमिका निभाई थी, जिस कारण उसे जनरल सर्विस मैडल मिला था। उस समय रेलकर्मियों को फौज की तरह मैडल दिया जाता था।

उसने सन् 1923 में रेलवे की नौकरी छोड़ दी। कहने का अभिप्राय है कि सरदार ऊधम सिंह का जन्म एक अति साधारण किसान परिवार में हुआ था। उनके बचपन का नाम शेर सिंह था। उनके बड़े भाई का नाम मुक्ता सिंह था, जो उन्हें उत्तम कहकर पुकारता था।

उस समय ऊधम सिंह की आयु मात्र तीन वर्ष की ही थी। पिता चूहरराम पत्नी के देहांत के बाद बालक ऊधम सिंह को लेकर अमृतसर चले आए, वहाँ गोविन्दगढ़ किले के पास पशुओं के एक व्यापारी के घर नौकरी कर ली।

विधाता की बात वही जाने। ऊधम सिंह महान क्रांतिकारी बने, लेकिन महान लोगों के बचपन में संकट अवश्य आते ही हैं। यदि संकट न आएँ तो महान ही न बनें। ऊधम सिंह के बचपन में भी घोर संकट आए और उन्हीं संकटों की भट्ठी में तपकर वे फौलाद बन गए थे। सबसे बड़ा संकट तो यही था कि उनके जन्म के दो साल बाद 1901 में उनकी माँ का निधन हो गया और 1907 में उनके पिता भी चल बसे। यह वही अवस्था होती है जब पिता अपनी संतान की उँगली पकड़कर उसे विद्यालय की सीढ़ियाँ चढ़ाता है, परंतु यहाँ तो उल्टा हो रहा था पिता की उँगली छूट रही थी। दोनों अनाथ भाई इधर उधर घूम घूमकर अपना जीवन यापन करने लगे। कठिनाइयों और विषमताओं का दौर अभी समाप्त नहीं हो रहा था।

एक लेखक महोदय ने ऊधम के परिवार को धनवान लिख मारा है। लेकिन सच्चाई यह नहीं है। उनके पिता को उनके शहीद होने तक जीवित होने की बात भी लिखी गई है, जो प्रामाणिक नहीं है। मदनलाल वर्मा क्रांत ने भी अपनी एक पुस्तक में उनके माता-पिता के बचपन में ही स्वर्गवासी होने की बात स्वीकार की है। शहीद ऊधम सिंह का बचपन भी बड़ा कष्टपूर्ण रहा। जब वे मात्र 12 वर्ष के थे, तो वर्ष 1901 में उनकी माता जी का स्नेहमयी आंचल छिन गया और कुछ ही समय बाद वर्ष 1907 में उनके सिर से पिता का साया भी हमेशा के लिए उठ गया। अब वे इस दुनिया में एकदम अकेले और अनाथ हो गए। बचपन में ही उनकी दुनिया उजड़ गई थी।

कम्बोज जाति के दम्पति श्री तेहल सिंह और हरनाम कौर बालक उत्तम सिंह को अपने साथ ले आये। बालक उत्तम का नामकरण ऊधमसिंह के नाम से किया गया और उचित शिक्षा-दीक्षा देने का प्रबंध किया। लेकिन यहाँ भी इस बालक के भाग्य में सुख नहीं लिखा था। ये दंपति भी एक दुर्घटना में चल बसे और वह एक बार फिर अनाथ हो गया।

एक बार वे रेलवे स्टेशन पर कुछ गा रहे थे कि एक आर्य समाजी भजनी किशन सिंह की दृष्टि उन पर पड़ी। उसने उस बालक से वार्तालाप किया तो उसे सारी कहानी का पता चला। उस बालक पर दया आ गई और ऐसे में उन्हें भाई किशन सिंह रागी का सहारा मिला और उन्होंने दोनों भाईयों को अमृतसर के खालसा अनाथालय में भर्ती करवा दिया। कई लेखकों ने इस भजनी का नाम चंचल सिंह भी लिखा है। इस भजनी का सही नाम क्या था? वह आर्य समाजी था या सिख? यह गहन शोध का विषय है, परंतु यह सत्य है कि

अनाथाश्रम में दोनों भाइयों को नए नाम मिले थे। बालक शेर सिंह को ऊधम सिंह और मुक्ता सिंह को साधु सिंह नाम मिला था। वर्ष 1917 में उनके बड़े भाई का भी निधन हो गया। अब तो अनाथ ऊधम सिंह पर मुसीबतों का पहाड़ टूट पड़ा।

इस प्रकार दुनिया के जुल्मों सितम सहने के लिए ऊधमसिंह बिल्कुल अकेले रह गए। अनाथालय में रहते हुए बालक ऊधम सिंह ने जैसे तैसे वर्ष 1918 में दसवीं की परीक्षा पास की। वह बहतु ही मेधावी छात्र थे और उनकी तर्क एवं स्मरण शक्ति अत्यंत तेज़ थी।

स्वतंत्रता समर का सिपाही

देश उन दिनों आजादी के लिए संघर्ष कर रहा था। एक दिन बालक ऊधम सिंह कक्षा में पढ़ रहा था तो बाहर शोर सुनाई दिया। लोग वंदे मातरम् के नारे लगा रहे थे।

ऊधम सिंह ने अपने गुरु से पूछा, "गुरु जी ये वंदेमातरम् क्या होता है?"

"बेटा ये माता को याद कर रहे हैं?"

"क्यों क्या इनकी माता मर गई है," ऊधम सिंह ने पूछ ही लिया था, "या फिर किसी मुसीबत में है।"

"बेटा इनकी माता गुलाम है," शिक्षक ने कहा था, "अंग्रेजों ने इनकी माता को गुलाम बना रखा है।"

"क्या इन सबकी माता ही गुलाम है," ऊधम सिंह ने पूछा, "ये इतने बड़े होकर भी अपनी माँ को आजाद नहीं करा सकते।"

"बेटा माँ तो तुम्हारी भी गुलाम है।" शिक्षक ने गंभीर होकर ऊधम सिंह से कह ही दिया था।

"मेरी माँ और गुलाम," ऊधम सिंह ने कहा था, "आप गलत कह रहे हैं मास्टर जी, मेरी माँ तो बचपन में ही मर गई थी।"

"बेटा मैं उस माँ की बात नहीं कर रहा," शिक्षक ने समझाया था, "मैं तो भारत माता की बात कर रहा हूँ, जो सबकी माँ है। मेरी

भी है तेरी भी है इन सब बच्चों की है। उसे अंग्रेजों ने गुलाम बना रखा है।''

''ओह! यह बात है,'' ऊधमसिंह समझ गया था, ''अब समझा, तब तो मैं अपनी भारत माता को एक दिन अवश्य ही आजाद करा दूँगा और अंग्रेजों को इस देश से बाहर निकाल कर ही दम लूँगा।''

कालांतर में ऊधम सिंह स्वतंत्रता संग्राम में कूद पड़े और आजादी के लिए तन-मन से कार्य करने लगे, बेचारे के पास धन तो था नहीं। अंग्रेजों की मानसिकता से भारतीयों को मुक्ति दिलाने के लिए भारत माँ का यह अमर सपूत ऊधम सिंह भारत से अफ्रीका और अफ्रीका से अमरीका चला गया।

वहाँ उन्होंने क्रांतिकारी साथियों को खोजना आरंभ किया। उनकी बहादुरी की चर्चा भगत सिंह व चंद्रशेखर जैसे क्रांतिकारियों के कानों तक भी जा पहुँची थी, उन्होंने इसलिए इन्हें स्वदेश बुला लिया।

ऊधम सिंह के साथ अमरीका से 25 साथी भारत आए, जिनमें एक अमेरिकन युवती भी थी, जिसे स्वदेश लौटने के लिए ऊधम सिंह ने भी कहा था, परंतु वह गयी नहीं और उनके साथ क्रांतिकारी गतिविधियों में लग गयी। वह युवती इस महान क्रांतिकारी की त्याग और तपस्यामयी राष्ट्रभक्ति से अत्यंत प्रभावित थी।

1928 में एक बार लाहौर के पास वह युवती और भगत सिंह के दो अन्य क्रांतिकारी साथी एक तांगे में बैठकर कहीं जा रहे थे तभी, वहाँ अचानक पुलिस आई और उसने वह तांगा रोक लिया।

भगत सिंह वस्तुस्थिति को ताड़ गए। उन्होंने उस युवती से तथा अपने साथियों से अजनबी बने रहने का संकेत किया और उन तीनों ने ऐसा ही किया भी कि वे भगत सिंह को नहीं जानते। इसलिए

पुलिस भगत सिंह को उनकी एक संदूक के साथ पकड़कर थाने ले गयी। वहाँ संदूक खोला गया, तो उसमें 400 कारतूस मिले। लेकिन ऊधम सिंह ने थाने में आकर स्पष्ट बयान दिया कि वे भगत सिंह को नहीं जानते और यह संदूक मेरा है। फलस्वरूप 30 अगस्त 1927 को इन्हें आर्म्स एक्ट के तहत गिरफ्तार किया गया। इनके पास से पुलिस ने हथियार और गदर पार्टी के प्रतिबंधित अखबार गदर इ गूँज की प्रतियाँ भी बरामद कीं, और इन्हें 5 साल की कठोर कारावास की सजा हुई।

23 मार्च 1931 को जब भगत सिंह, राजगुरु, और सुखदेव को फांसी पर चढ़ाया गया, तब भी ऊधम सिंह जेल में ही थे। इन्हें जेल से 23 अक्टूबर 1931 को रिहा किया गया। 3 साल तक ये पंजाब में अपने साधारण जीवन के साथ गुप्त रूप से क्रान्ति के भाग भी बने रहे, और लन्दन जा कर माइकल डायर के वध की योजना भी बनाते रहे। 1933 में ये अपने गाँव गए, और वहाँ से गुप्त रूप से कश्मीर चले गए।

पुलिस की आँखों में धूल झोंक कर ये कश्मीर से जर्मनी चले गए। 1934 में ये लन्दन पहुँचे, और कमर्शियल रोड के पास रहने लगे। इन्होंने अपनी कार, रिवाल्वर और बारूद आदि खरीद तो लिए, परन्तु वे अपने शत्रु का वध ऐसे समय पर करना चाहते थे जिससे यह ज्यादा से ज्यादा दुनिया की नजर में आये, ताकि स्वाधीनता संग्राम की खबर अधिक फैले।

इतिहासकार वीरेंद्र शरण के अनुसार, ऊधमसिंह इन सब घटनाओं से बहुत दुःखी तो थे, लेकिन उनकी हिम्मत और संघर्ष करने की ताकत बहुत बढ़ गई।

उन्होंने चंद्रशेखर आजाद, राजगुरु, सुखदेव और भगतसिंह जैसे क्रांतिकारियों के साथ मिलकर ब्रिटिश शासन को ऐसे घाव दिये, जिन्हें ब्रिटिश शासक बहुत दिनों तक नहीं भूल पाए।

इतिहासकार डॉ. सर्वदानंदन के अनुसार ऊधम सिंह सर्व धर्म सम भाव के प्रतीक थे और इसीलिए उन्होंने अपना नाम बदलकर राम मोहम्मद आजाद सिंह रख लिया था, जो भारत के तीन प्रमुख धर्मों का प्रतीक है।

स्वतंत्रता आंदोलन के इतिहास में सन् 1919 का 13 अप्रैल का दिन आँसुओं में डूबा हुआ है, जब अंग्रेजों ने अमृतसर के जलियाँवाला बाग में सभा कर रहे निहत्थे भारतीयों पर अंधाधुंध गोलियाँ चलायीं और सैकड़ों बेगुनाह लोगों को मौत के घाट उतार दिया। मरने वालों में माँओं के सीने से चिपके दुधमुँहे बच्चे, जीवन की संध्या बेला में देश की आजादी का सपना देख रहे बूढ़े और देश के लिए सर्वस्व लुटाने को तैयार युवा सभी थे।

इस घटना ने ऊधमसिंह को हिलाकर रख दिया और उन्होंने अंग्रेजों से इसका बदला लेने की ठान ली। हिन्दू, मुस्लिम और सिख एकता की नींव रखने वाले ऊधम सिंह उर्फ राम मोहम्मद आजाद सिंह ने इस घटना के लिए जनरल माइकल ओ डायर को जिम्मेदार माना, जो उस समय पंजाब प्रांत का गवर्नर था।

गवर्नर के आदेश पर ब्रिगेडियर जनरल रेजीनल्ड, एडवर्ड हैरी डायर, जनरल डायर ने 90 सैनिकों को लेकर जलियाँवाला बाग को चारों तरफ से घेर कर मशीनगन से गोलियाँ चलवाईं।

ऊधम सिंह में राष्ट्र प्रेम की भावना बचपन से ही भर गई थी।

बचपन में उन्होंने अनाथ आश्रम के बच्चों को संगठित कर उनमें वीरता के भाव भरने पैदा कर दिए थे।

एक बार उन्होंने अपने साथियों को कहा था – "पराधीनता तो सपने में भी दुःखदायी होती है। ऐसा मैं नहीं कहता, संत तुलसीदास जी ने लिखा है और सच्चे साधु-संत कोई बात गलत लिख ही नहीं सकते।" ऊधम सिंह के साथी उनकी बात गौर से सुनते और उन पर अमल करते थे।

जलियाँवाला बाग हत्याकांड

जलियाँवाला बाग हत्याकांड आज भी ब्रिटिश शासन में जनरल ओ डायर की कहानी कहता नजर आता है, जब उसने सैकड़ों निर्दोष देशभक्तों को अंधाधुंध गोलीबारी कर मार डाला था।

जलियाँवाला बाग अमृतसर, पंजाब राज्य में स्थित है। इस स्थान पर 13 अप्रैल, 1919 ई. को अंग्रेजों की सेनाओं ने भारतीय प्रदर्शनकारियों पर अंधाधुंध गोलियाँ चलाकर बड़ी संख्या में उनकी हत्या कर दी।

इस हत्यारी सेना की टुकड़ी का नेतृत्व ब्रिटिश शासन के अत्याचारी जनरल डायर ने किया।

जलियाँवाला बाग हत्याकांड तत्कालीन ब्रिटिश शासन के माथे पर लगा ऐसा कलंक है, जिसे कभी नहीं धोया जा सकता, चाहे कितनी भी सदियाँ गुजर जाएँ।

वह तारीख आज भी विश्व के बड़े नरसंहारों में से एक के रूप में दर्ज है। गांधी जी तथा कुछ अन्य नेताओं के पंजाब प्रदेश पर प्रतिबंध लगे होने के कारण वहाँ की जनता में बड़ा आक्रोश व्याप्त था।

यह आक्रोश उस समय और अधिक बढ़ गया, जब पंजाब के दो लोकप्रिय नेता डॉक्टर सत्यपाल एवं सैफुद्दीन किचलू को अमृतसर के डिप्टी कमिश्नर ने बिना किसी कारण के गिरफ्तार कर लिया।

इसके विरोध में जनता ने एक शान्तिपूर्ण जुलूस निकाला। पुलिस

ने जुलूस को आगे बढ़ने से रोका और रोकने में सफल ना होने पर आगे बढ़ रही भीड़ पर गोलियाँ चला दी, जिसके परिणामस्वरूप दो लोग मारे गये। जुलूस ने उग्र रूप धारण कर लिया। सरकारी इमारतों को आग लगा दी गई और इसके साथ ही पाँच अंग्रेज भी जान से मार दिये गए।

अमृतसर शहर की स्थिति से बौखला कर ब्रिटिश सरकार ने 10 अप्रैल, 1919 ई. को शहर का प्रशासन सैन्य अधिकारी ब्रिगेडियर जनरल डायर को सौंप दिया। उसने 12 अप्रैल को कुछ गिरफ्तारियाँ भी कीं और कड़ी कार्यवाही करवाई।

1919 ई. में भारत की ब्रिटिश सरकार ने रोलेट एक्ट का शांतिपूर्वक विरोध करने पर जननेताओं को पहले ही गिरफ्तार कर लिया था।

इस गिरफ्तारी की निंदा करने और पहले हुए गोली कांड की भर्त्सना करने के लिए 13 अप्रैल, 1919 ई. को बैशाखी के दिन शाम को करीब साढ़े चार बजे अमृतसर के जलियाँवाला बाग में एक सभा का आयोजन हुआ।

इस सभा में 20,000 व्यक्ति इकट्ठे हुए थे। दूसरी ओर डायर ने उस दिन साढ़े नौ बजे सभा को अवैधानिक घोषित कर दिया था।

सभा में डॉक्टर किचलू एवं सत्यपाल की रिहाई एवं रोलेट एक्ट के विरोध में भाषणबाजी की जा रही थी। ऊधम सिंह वहाँ पर प्यासे लोगों को पानी पिलाने के पुनीत कार्य में लीन थे।

वह रविवार का दिन था और आस-पास के गाँवों के अनेक किसान हिंदुओं तथा सिक्खों का उत्सव बैसाखी मनाने अमृतसर आए थे। यह बाग चारों ओर से घिरा हुआ था। अंदर जाने का केवल एक ही रास्ता था।

जलियाँवाला बाग हत्याकांड का रेखांकन

जनरल डायर ने अपने सिपाहियों को बाग के एकमात्र तंग प्रवेश मार्ग पर तैनात किया था। बाग साथ-साथ सटी ईंटों की इमारतों के पिछवाड़े की दीवारों से तीन तरफ से घिरा था।

डायर ने बिना किसी चेतावनी के 50 सैनिकों को गोलियाँ चलाने का आदेश दिया और चीखते, आतंकित भागते निहत्थे बच्चों, महिलाओं, बूढ़ों की भीड़ पर 10-15 मिनट में 1650 गोलियाँ दाग दी गईं। जिनमें से कुछ लोग अपनी जान बचाने की कोशिश करने में लगे लोगों की भगदड़ में कुचल कर मर गए। इस हत्याकांड में हंसराज नाम के एक व्यक्ति ने डायर को सहयोग दिया था।

बाग के मुख्य द्वार के पास एक ऊँची जगह पर मोर्चा जमा कर डायर ने गोली चलाने का आदेश दिया, जबकि उसने पहले कोई भी चेतावनी नहीं दी थी।

डायर का आदेश होते ही वहाँ मौजूद सैनिकों ने सभा के लिए एकत्र भीड़ पर लगातार गोलियां बरसाना शुरू कर दिया।

पहले तो लोग कुछ समझ ही नहीं पाये, फिर जान बचाने के लिये इधर-उधर भागने लगे, जबकि डायर लोगों को नजदीक से अच्छी तरह देख रहा था और वह सैनिकों को उसी दिशा में गोलियाँ चलाने का आदेश देता रहा, जिधर ज्यादा भीड़ थी। सूर्यास्त से कोई 5 मिनट पहले सब कुछ समाप्त हो गया।

सर वेलेन्टाइन चिरोल के अनुसार, ब्रिटिश भारत के इतिहास का यह एक 'काला दिन' था। कांग्रेस की पंजाब जाँच समिति के मुताबिक, इस दिन 1200 व्यक्ति मारे गये थे और 3600 घायल हुए थे। इसके बाद उस आतंकमयी रात में कर्फ्यू लगा दिया, जिसमें बहुत से घायल, जो बचाये जा सकते, वे भी नहीं बचाये जा सके।

घायलों की कोई देखभाल करने वाला नहीं था और घायलों ने भयानक नीरवता और सन्नाटे में एक दूसरे की आँखों के सामने तड़प-तड़प कर दम तोड़ दिया।

सरकारी अनुमानों के अनुसार, लगभग 400 लोग मारे गए और 1200 के लगभग घायल हुए, जिन्हें कोई चिकित्सा सुविधा नहीं दी गई। अमृतसर के डिप्टी कमिश्नर कार्यालय में 484 शहीदों की सूची है, जबकि जलियाँवाला बाग में 388 शहीदों की सूची है।

ब्रिटिश शासन के अभिलेख में इस घटना में 200 लोगों के घायल, 379 लोगों के शहीद होने की बात स्वीकार की गयी थी, जिसमें से 337 पुरुष, 41 नाबालिग किशोर लड़के और एक 6 सप्ताह का बच्चा भी था।

अनाधिकारिक आँकड़ों में कहा जाता है कि 1000 से अधिक लोग मारे गए थे और लगभग 2000 से भी अधिक घायल हो गये थे।

दीनबन्धु एफ. एण्ड्रूज ने इस हत्याकांड को जान-बूझकर की गई क्रूर हत्या कहा। अमृतसर के इस नरसंहार को मांटेग्यू तक ने निवारक हत्या कहकर तीव्र आलोचना की।

जलियाँवाला बाग हत्याकाण्ड के समय पंजाब का लेफ्टिनेंट गर्वनर माइकल ओ डायर था। उसने डायर के इस कृत्य के संदर्भ में कहा कि तुम्हारी कार्यवाही ठीक है, गवर्नर इसे स्वीकार करता है।

जनरल डायर ने अपनी कार्रवाई को सही ठहराने के लिए तर्क दिये और कहा कि नैतिक और दूरगामी प्रभाव के लिए यह जरूरी था। इसलिए उन्होंने गोली चलवाई। डायर ने स्वीकार कर कहा कि अगर और कारतूस होते, तो फायरिंग जारी रहती।

निहत्थे नर-नारी, बालक-वृद्धों पर अंग्रेज़ी सेना तब तक गोली

चलाती रही, जब तक कि उनके पास गोलियाँ समाप्त नहीं हो गईं। कांग्रेस की जाँच कमेटी के अनुमान के अनुसार, एक हजार से अधिक व्यक्ति वहीं मारे गए थे।

सैकड़ों व्यक्ति जिंदा कुँए में कूद गये थे। गोलियाँ भारतीय सिपाहियों से चलवाई गयीं थीं और उनके पीछे संगीनें तानें गोरे सिपाही खड़े थे। इस हत्याकांड की सब जगह निंदा हुई, किन्तु 'ब्रिटिश हाउस ऑफ लार्डर्स' में जनरल डायर की प्रशंसा की गई।

इस बर्बर हत्याकाण्ड के बाद 15 अप्रैल को पंजाब के लाहौर, गुजराँवाला, कसूर, शेखपुरा एवं वजीराबाद में मार्शल लॉ लागू कर दिया गया, जिसमें लगभग 298 व्यक्तियों को गिरफ्तार कर अनेक तरह की सजायें दी गयीं।

भारतीय सदस्य शंकर नायर ने इस हत्याकाण्ड के विरोध में वायसराय की कार्यकारिणी परिषद से इस्तीफा दे दिया।

रवीन्द्र नाथ टैगोर ने क्षुब्ध होकर अपनी सर की उपाधि वापस कर दी।

साथ ही टैगोर ने कहा कि समय आ गया है, जब सम्मान के तमगे अपमान के बेतुके संदर्भ में हमारे कलंक को सुस्पष्ट कर देते हैं और जहाँ तक मेरा प्रश्न है, मैं सभी विशेष उपाधियों से रहित होकर अपने देशवासियों के साथ खड़ा होना चाहता हूं।

इस काण्ड के बारे में थॉम्पसन एवं गैरट ने लिखा कि अमृतसर दुघर्टना भारत-ब्रिटेन सम्बन्धों में युगान्तकारी घटना थी, जैसा कि 1857 का विद्रोह।

डायर ने अमृतसर में हुए नरसंहार का समर्थन किया, उसे सही बताया और फिर उस कायर ने पूरे प्रांत में मार्शल लॉ लागू कर दिया,

लेकिन वाइसरॉय चेम्सफोर्ड ने इस कार्रवाई को गलत फैसला बताया और विदेश मंत्री एड्-विन मॉन्टेग्यू ने नरसंहार का पता चलने पर लॉर्ड हंटर की अध्यक्षता में जाँच आयोग का गठन किया।

भारतीय राष्ट्रीय कांग्रेस ने अपनी अलग जाँच समिति गठित की। यद्यपि बाद में डायर को पद से हटा दिया गया, लेकिन ब्रिटेन में वह बहुतों के लिए विशेषकर कंजरवेटिव पार्टी के लिए, वह नायक बनकर लौटे।

उन्होंने डायर को रत्नजड़ित तलवार भेंट की, जिस पर लिखा था, पंजाब का रक्षक और चंदा करके उसे दो हजार पौंड का इनाम दिया गया।

स्वतंत्रता संग्राम पर कई पुस्तकें लिख चुके प्रोफेसर चमन लाल का कथन है कि ब्रिटिश शासन आजादी की लड़ाई में हिन्दुओं और मुसलमानों की एकता को देखकर घबरा गया था।

उन्होंने दोनों समुदायों में धर्म के आधार पर नफरत की दीवार खड़ी करने की कोशिशें कीं, लेकिन वे सफल नहीं हो पा रहे थे। महान लेखक मदन लाल वर्मा क्रांत ने इस घटना के बारे में लिखा है कि छह अप्रैल को पूरे पंजाब में हड़ताल रही और 10 अप्रैल 1919 को हिन्दू और मुसलमानों ने मिलकर बहुत बड़े स्तर पर रामनवमी के त्योहार का आयोजन किया।

हिन्दू मुस्लिम एकता से पंजाब का तत्कालीन गवर्नर माइकल ओडवायर घबरा गया। ब्रिटिश शासन ने 13 अप्रैल की जनसभा को विफल करने के लिए साम, दाम, दंड, भेद का प्रयोग किया। लोगों को डराने के लिए इस सभा से कुछ दिन पहले ही 22 देशभक्तों को मौत के घाट उतार दिया गया था।

10 अप्रैल 1919 को ब्रिटिश शासन ने दो बड़े नेताओं डॉ. सत्यपाल और सैफुद्दीन किचलू को वार्ता के लिए बुलवाया और उन्हें गिरफ्तार कर लिया गया।

उन्हें काला-पानी की सजा दे दी गई। 10 अप्रैल 1919 को अमृतसर उप कमिश्नर से इन दोनों नेताओं को रिहा करने की माँग की गई, किन्तु ब्रिटिशों ने शांति से विरोध कर रही जनता पर गोलियाँ चलवा दीं, जिससे तनाव और बढ़ गया।

उस दिन बैंकों, सरकारी भवनों, टाउन हॉल, रेलवे स्टेशनों पर आगजनी हुई। इस हिंसा में 5 यूरोपीय नागरिकों की हत्या हो गई।

इसके बाद ब्रिटिश सिपाही भारतीय जनता पर गोलियाँ चलाते रहे, जिससे लगभग 8 से 20 भारतीयों की मृत्यु हो गयी। अगले दो दिन अमृतसर शांत रहा, किन्तु पंजाब के कई क्षेत्रों में हिंसा फैल गई। इसे दबाने के लिए ब्रिटिश शासन ने पंजाब में मार्शल लॉ लागू कर दिया।

ब्रिटिश शासन ने जलियाँवाला बाग की जनसभा में भाग लेने जा रहे महात्मा गांधी को भी 10 अप्रैल को पलवल रेलवे स्टेशन से गिरफ्तार कर लिया।

अपने नेताओं की गिरफ्तारी से लोग भड़क गये और 13 अप्रैल 1919 को बैसाखी के दिन हजारों की संख्या में जलियाँवाला बाग पहुँचे।

हिन्दू, सिख और मुसलमानों की एकता से अपने शासन को खतरे में देखकर ब्रिटिश शासन ने भारतीयों को सबक सिखाने के लिए यह सब किया। जलियाँवाला बाग में गोलियों के निशान आज भी मौजूद हैं, जो ब्रिटिश शासन के अत्याचार की कहानी कहते हैं।

पंडित मदन मोहन मालवीय के अनुसार, कम से कम 1300 लोगों की इस घटना में जान चली गई।

स्वामी श्रद्धानंद के मुताबिक मृतकों की संख्या 1500 से अधिक थी। अमृतसर के तत्कालीन सिविल सर्जन डॉ. स्मिथ के अनुसार मरने वालों की संख्या 1800 से ज्यादा थी।

दीनबन्धु एफ. एण्ड्रूज ने इस हत्याकांड की घोर निंदा की, जबकि वे खुद अंग्रेज़ थे। उन्होंने कहा था, 'मैंने अपनी आँखों से देखा है कि बहुत सारे लोगों को जमीन पर रेंगने का आदेश दिया गया, सबके सामने जबरदस्ती उन्हें नंगा किया गया और उन्हें पेट के बल धूल में रेंगना पड़ा।

सबके सामने उन्हें हंटर लगाए गए और सैकड़ों अन्य तरह से कष्ट दिया गया। दीवारों पर गोलियों के निशान स्पष्ट देखे जा सकते हैं'

ब्रिटिश सेना की ताकत पर और सत्ता में मदांध होकर सर माइकल ने किसी की भी आलोचना की कोई परवाह नहीं थी। इससे कुछ दिन पहले रोलेट एक्ट के विरुद्ध गांधीजी के सत्याग्रह के आह्वान की वह निंदा और विरोध भी कर चुका था। उसने बड़े गर्व से कहा था कि उस गांधी को बता दो कि मेरे बाजू की ताकत उसकी आत्मा से अधिक असर रखती है।

जलियाँवाला बाग के नृशंस नरसंहार के बाद ही उसने गूजरावाला में हवाई जहाज से बम बरसाने और मशीनगनों से गोली चलाने का तथा पंजाब में अन्य घृणित कार्यवाइयों का आदेश दिया था।

जाँच समिति ने डायर से जब सवाल किया कि डॉक्टरी सहायता के लिये उसने क्या व्यवस्था की थी? तो उसने दो टूक जवाब दिया कि यह उसका काम नहीं था।

दीवारों पर गोलियों के निशान

लाहौर में हंटर समिति के सामने अपना बयान देने के बाद जब डायर रेलगाड़ी से लौट रहा था, तब संयोग से जवाहरलाल नेहरू भी उसी डिब्बे में थे। ऊपर की बर्थ पर लेटे हुए जवाहरलाल नेहरू उसकी बातें सुन रहे थे।

वह अपने साथियों से, जो सभी फौजी अफसर थे, अमृतसर की घटना का बखान शान से कर रहा था। वह गर्व के साथ कह रहा था कि पूरा शहर उस वक्त उसके रहमो-करम और दया पर निर्भर था।

इस घटना के बाद आजादी हासिल करने की इच्छा और जोर से उफन पड़ी। यद्यपि उन दिनों संचार के साधन कम थे, फिर भी यह समाचार पूरे देश में आग की तरह फैल गया।

आजादी का सपना पंजाब ही नहीं, पूरे देश के बच्चे-बच्चे के सिर पर चढ़कर बोलने लगा। उस दौरान हजारों भारतीयों ने जलियाँवाला बाग की मिट्टी से माथे पर तिलक लगाकर देश को आजाद कराने का दृढ़ संकल्प लिया।

इस घटना से पंजाब पूरी तरह से भारतीय स्वतंत्रता आंदोलन में सम्मिलित हो गया और इसी संहार की प्रतिक्रिया के फलस्वरूप गांधी जी ने 1920 में असहयोग आंदोलन प्रारंभ किया। जलियाँवाला बाग हत्याकांड के समय ऊधम सिंह जलियाँवाला बाग में थे। ऊधम सिंह को भी गोली लगी थी।

यह हत्याकाण्ड देखकर नवयुवक ऊधम सिंह का खून भी खौल उठा। उन्होंने उसी समय जलियाँवाला बाग की मिट्टी उठाई और अमृतसर के स्वर्ण मन्दिर में ले जाकर शपथ ली, कि जब तक इस नरसंहार के असली गुनहगार को मौत भी मौत की नींद नहीं सुला दूँगा, तब तक चैन से नहीं बैठूँगा।

जलियाँवाला बाग में जिन लोगों ने अपनी जान की कुर्बानी दी, वह एक ऐतिहासिक प्रेरक ऊर्जा स्रोत बन गई और दुबले पतले गांधीजी, विदेशी शासकों की शक्ति के विरुद्ध एक खुला जनसंघर्ष छेड़ने के लिए जनसाधारण के नेता के रूप में प्रतिष्ठित हो गए।

गांधीजी जो अब तक ब्रिटिश संसदीय प्रणाली की उदार परम्परा पर अपनी आशाएँ केन्द्रित किए थे, सब बिखर गई। उनका सारा भ्रम टूट गया।

अब वे ब्रिटिश सत्ता के प्रति पक्के विद्रोही और अपने अनुयायियों के लिए एक महात्मा हो गए। यह नरसंहार राष्ट्र के लिए अहम् सिद्ध हुआ।

इस घटना ने देशवासियों में आजादी के पूरी ताकत के साथ संघर्ष करने की भावना जागृत की। इसके बाद जो संघर्ष छेड़ा गया, वह सन् 1947 में विजय की परिणति तक उत्तरोत्तर तीव्र से तीव्रतर तथा व्यापक होता चला गया।

यह भी उल्लेखनीय है कि जलियाँवाला बाग की हृदय विदारक घटना का जो भी प्रभाव जिस किसी पर पड़ा हो, वह अलग बात है लेकिन पंजाब के एक 19 वर्षीय भावुक नवयुवक ऊधम सिंह पर इस घटना का ऐसा असर पड़ा कि वह दहल गया और उसने प्रण कर लिया कि वह जनरल डायर से इसका बदला लेकर रहेगा।

उसके दिल पर ऐसा गहरा घाव लगा, जो समय गुजरने के साथ भी भरा नहीं।

शहीद ऊधम सिंह ने अपने मित्र मनजीत सिंह और कैप्टन बचन सिंह से कहा था – "अंग्रेज़ सोचते हैं कि थोड़ा बहुत नरसंहार करके वे अपना शासन बचा लेंगे, लेकिन यह उनकी भूल है। शस्त्रों के बल

पर देह को तो गुलाम बनाया जा सकता है, लेकिन आत्मा को कभी कोई अपने पराधीन नहीं कर सकता। भारत भी शीघ्र ही पराधीनता की बेड़ियाँ तोड़कर रहेगा।"

विदेश की यात्राएँ

ऊधम सिंह ने इस हत्याकाण्ड का असली गुनहगार पंजाब के तत्कालीन गवर्नर माइकल ओ डायर को माना, क्योंकि उसी के आदेश पर यह जनसंहार हुआ था। अब ऊधम सिंह का ओ डायर को मौत की नींद सुलाने का प्रमुख मिशन बन गया था। अपने इस मिशन को पूरा करने के लिए ऊधम सिंह अनाथालय को छोड़कर स्वतंत्रता आन्दोलन के समर में पूरी तरह कूद पड़े। उन्होंने देश के क्रांतिकारियों से सम्पर्क साधना शुरू कर दिया।

वर्ष 1920 में वे अफ्रीका जा पहुँचे। वर्ष 1921 में नैरोबी के रास्ते संयुक्त राज्य अमेरिका जाने का भरसक प्रयत्न किया, लेकिन वीजा न मिलने के कारण कामयाबी हाथ नहीं लगी और उन्हें स्वदेश लौटना पड़ा। लेकिन, निरन्तर प्रयासों के बाद अंततः वे वर्ष 1924 में अमेरिका पहुँचने में कामयाब हो गए। वे अमेरिका में सक्रिय गदर पार्टी में शामिल हो गए और क्रांतिकारियों से सम्पर्क मजबूत बनाते चले गए। उन्होंने फ्रांस, इटली, जर्मनी, रूस आदि कई देशों की यात्राएँ करके क्रांतिकारियों से मजबूत संबंध बनाए। वे वर्ष 1927 में पुनःस्वदेश लौटे। यहाँ पर उन्होंने शहीदे आजम भगत सिंह जैसे महान क्रांतिकारियों से मुलाकात की। जिसका वर्णन हम पहले ही कर चुके हैं। वर्ष 1931 में ऊधम सिंह अपने गाँव सुनाम में लौट

अपने मित्र मनजीत सिंह और कैप्टन बचन सिंह के साथ ऊधम सिंह

आए। गाँव में आने के बाद थाने में प्रतिदिन हाजिरी देने के नाम पर उन्हें कई तरह की प्रताड़नाओं को झेलना पड़ा। पुलिस उन पर कड़ी नजर रख रही थी। इससे बचने के लिए वे अमृतसर में आ गए और अपना नाम बदलकर मोहमद सिंह आजाद रख लिया। यहाँ पर उन्होंने साईन बोर्ड पेंट करने की दुकान खोल ली। ऊधम सिंह वर्ष 1933 में पुलिस को चकमा देने में कामयाब हो गए और कश्मीर जा पहुँचे। उनके मित्र मनजीत सिंह एवं कैप्टन बचन सिंह ने उनकी इस यात्रा में बहुत मदद की। इसके बाद वे जर्मनी होते हुए इटली जा पहुँचे। इटली में कुछ माह के बाद फ्रांस, स्विट्ज़रलैण्ड और आस्ट्रिया होते हुए वर्ष 1934 में अपने मिशन को पूरा करने के लिए इंग्लैण्ड पहुँचने में कामयाब हो गए।

अपने मिशन को अंजाम देने के लिए ऊधमसिंह ने अलग अलग नामों से अफ्रीका, नैरोबी, ब्राजील और अमेरिका की यात्राएँ की। सन् 1934 में ऊधमसिंह लंदन गये और वहाँ 9 एल्डर स्ट्रीट कमर्शियल रोड पर रहने लगे। वहाँ उन्होंने यात्रा के उद्देश्य से एक कार खरीदी और अपना मिशन पूरा करने के लिए छह गोलियों वाली एक रिवाल्वर भी खरीद ली।

प्रतिशोध

भारत का यह वीर क्रांतिकारी माइकल ओ डायर को ठिकाने लगाने के लिए सही समय का इंतजार करने लगा। ऊधमसिंह को अपने सैकड़ों भाई बहनों की मौत का बदला लेने का मौका 1940 में मिला। जलियाँवाला बाग हत्याकांड के 21 साल बाद 13 मार्च 1940 को रॉयल सेंट्रल एशियन सोसायटी की लंदन के कॉक्सटन हॉल में बैठक थी, जहाँ माइकल ओ डायर भी वक्ताओं में से एक था। ऊधमसिंह उस दिन समय से पहले ही बैठक स्थल पर पहुँच गए थे। उन्होंने अपनी रिवाल्वर गीताप्रेस गोरखपुर द्वारा प्रकाशित पवित्र गीता में छिपा ली। उन्होंने पवित्र गीता के पृष्ठों को रिवाल्वर के आकार में इस तरह से काट लिया, जिसमें डायर की जान लेने वाले हथियार को आसानी से छिपाया जा सके।

पवित्र गीता को काटने से पहले वे श्रीकृष्ण के एक मंदिर में भी गए थे और उन्होंने प्रार्थना करते हुए कहा था, "प्रभु मुझे क्षमा करना! मैं आपकी गीता को काट रहा हूँ। लेकिन जिस प्रकार आपने अत्याचारियों के विनाश के लिए सुदर्शन उठाया था, ठीक उसी तरह मैंने भी रिवाल्वर उठा ली है। लेकिन इसे छिपाने के लिए पवित्र गीता से बढ़कर और कोई धर्मग्रंथ नहीं, क्योंकि गीता को धार्मिक ग्रंथ होने के कारण कहीं भी ले जाया जा सकता है और इसको विधर्मी छूने से

ऊधम सिंह के एक वास्तविक चित्र की अनुकृति

भी डरते हैं।" कहते हैं कि अचानक ही हवा का एक झोंका आया और मंदिर का घंटा मंद-मंद हवा के कारण अपने आप ही बजने लगा था। इस चमत्कार को ऊधम सिंह ने भगवान की स्वीकृति माना और गीता को काटने के पाप के प्रायश्चित स्वरूप ही डायर का वध करना अब उसका धर्म बन गया था।

इंग्लैण्ड पहुँचकर ऊधम सिंह पूर्वी लन्दन की एडरल स्ट्रीट में एक किराए के मकान में रहते थे। यहाँ रहकर उन्होंने जनरल डायर को मारने की अचूक तैयारियाँ पहले से ही शुरू कर दीं और मौके की तलाश करने लगे। उनकीं यह तलाश वर्ष 1940 में जाकर पूरी हुई। जब ऊधम सिंह को पता चला कि कॉक्सटन हॉल में ईस्ट इण्डिया एसोसिएशन और रायल सेन्ट्रल एशियन सोसायटी का संयुक्त अधिवेशन होने जा रहा है और उसमें जलियाँवाला बाग हत्याकाण्ड के वास्तविक गुनहगार माइकल ओ डायर बतौर वक्ता आमंत्रित हैं, तो मौके की बाट जोह रहे ऊधम सिंह एकदम जोश से भर उठे। ऊधम सिंह ने गोलियों से भरा पिस्तोल लिया और पवित्र गीता के अन्दर उसकी आकृति के अनुसार पृष्ठ काट डाले। फिर वे पुस्तक के अन्दर इस पिस्तोल को छुपाकर समय से पहले ही पूरी तैयारी के साथ अधिवेशन स्थल की दर्शक दीर्घा में जा बैठे। उनके मित्र पूर्ण सिंह भी उनके साथ थे।

आप जानते हैं कि 13 अप्रैल सन् 1919 को जलियाँवाला बाग अमृतसर में जनरल डायर के आदेश पर अंग्रेज सैनिकों ने मशीनगन से गोली चलाकर सैकड़ों लोगों को निर्दयता-पूर्वक हताहत कर दिया था। क्रूरता और नरहत्या के इन भयानक दृश्यों को देखकर इनके कोमल मन को गम्भीर आघात पहुंचा था। अपने देशवासियों के प्रति

मित्र पूरण सिंह के साथ शहीद ऊधम सिंह

ब्रिटिश सरकार के इस अन्याय और क्रूरतापूर्ण दुर्व्यवहार का प्रतिशोध लेने की प्रतिज्ञा ऊधम सिंह ने की थी। अपने अभिभावकों के कहने पर आप इंग्लैंड गए थे और लंदन में इंजीनियरी के एक पाठ्यक्रम में प्रवेश लिया भी लिया था, लेकिन वास्तविक उद्‍देश्य तो ओ डायर को मौत के घाट ही उतारना था, जो अब उनकी आँखों के सामने था।

ऊधम सिंह के लिए यह एक सुनहरी मौका था, क्योंकि इस मीटिंग में जनरल डायर भी हिस्सा लेने वाला था। जनरल रजिनॉलड एडवर्ड हैरी डायर जिसे माइकल डायर भी कहते थे। सन् 1913 से लेकर 1919 तक पंजाब का लैफ्टिनेंट गवर्नर रहा था। जलियाँवाला बाग काण्ड उसने ही हँस राज से मिल कर करवाया था। 13 मार्च 1940 को शाम के 3:00 बजे सभा लार्ड जैटलैण्ड की अध्यक्ष में शुरू हुई। जिसमें सर परसी साइकस ने अफगानिस्तान पर अपना भाषण दिया।

इसी तरह सर लुईस डेन और जनरल ओ डायर ने भी अपने विचार रखे। जनरल ओ डायर अफगानिस्तान के साथी पहाड़ी राजाओं के चुटकले सुना कर सबको हँसा रहा था। उसने भारतीयों के बारे में भी कहा कि भारतीय बड़े कायर होते हैं। अमृतसर के जलियाँवाला बाग में गोलियों की आवाज सुनकर वह भेड़-बकरियों की तरह भाग रहे थे। उन्हें अभी सैकड़ों वर्षों तक दबा कर रखा जा सकता है।

सर जैटलैण्ड ने अपना अध्यक्षीय भाषण दिया। लार्ड लैमोगटन ने सबका धन्यवाद किया। सभा में तकरीबन 400 लोग बैठे थे और

लगभग 50 लोग खड़े थे। ऊधम सिंह भी वहीं था। 4 बजे सभा समाप्त हुई। जैसे लोग जाने लगे। वह बड़ी तेजी से जनरल डायर की तरफ गया और बिल्कुल पास से उस पर गोलियाँ चलाई, डायर को दो गोलियाँ लगीं, वह वहीं ढेर हो गया। उसने 6 गोलियां दागी थीं। वार्ड लैमिंगटन के दहिने हाथ में गोली लगी तथा वह जख्मी हो कर कुर्सी पर गिर गया। ऊधम सिंह ने सोचा कि वह मर गया। सर लुईस डेन की कलाई में गोली लगी, हॉल में भगदड़ मच गई।

ऊधम सिंह के बाहर निकलते वक्त एक अंग्रेज औरत बरथा होरिंग ने रास्ता रोक लिया। वह उसके कँधे पर झपटीं तथा वह नीचे गिर गया। रिचज ने ऊधम सिंह के पिस्तौल को किनारे कर दिया। जिसे मेजर आरए मली ने उठाया और पुलिस के कब्जे में दे दिया। ऊधम सिंह की तलाशी लेने पर उनकी जेब से एक चाकू तथा 25 गोलियाँ मिलीं। पुलिस ने ऊधम सिंह से कहा कि उन्हें पूछताछ के लिए हिरासत में रखा जाएगा। उन्होंने जवाब दिया कोई फायदा नहीं, सब कुछ हो चुका। जनरल ओ डायर की तरफ मुंह करके कहा वह पड़ा है।

ऊधम सिंह की गोलियों ने लार्ड जैटलैण्ड, लार्ड लेमिंगटन और मि. लुईडेन को भी घायल किया था। लुईडेन पंजाब का गवर्नर रहा था। ऊधम की गोली ने इसकी बाँह तोड़ दी थी। लार्ड लेमिंगटन बंबई का गवर्नर रहा था, जिसे एक बार दुर्गा भाभी भी मारने के लिए बंबई गयी थीं। आज उसे भी लहूलुहान कर ऊधम सिंह ने भाभी की दुआएँ ले ली थीं, जबकि जैटलैण्ड भारतमंत्री रहा था। वह भी बड़ा क्रूर था आज उसे भी घायल कर ऊधम सिंह ने भारत के शेरत्व का परिचय दिया था। इस प्रकार एक शिकार की ओट में ऊधम सिंह ने कई शिकारों को भारत का सही परिचय दे दिया था। सारी सभा में

ऊधम सिंह के वास्तविक चित्र का रेखांकन

सन्नाटा छा गया, तभी एक अंग्रेज महिला ऊधम सिंह के सामने आ गयी। उस पर भारत माँ के इस अमर सपूत ने हमला नहीं किया और संकट के क्षणों में भी भारत के जीवन मूल्यों का परिचय दिया।

डिटेक्टिव इंस्पेक्टर डेटन 4:50 पर पहुंचे, उन्होंने ऊधम सिंह को शांत और मुस्कराते देखा। उसके पास एक डायरी मिली। इससे जब पूछा गया कि उसने ऐसा क्यों किया?

तब उसने उत्तर दिया, "मैंने ऐसा इसलिए किया, क्योंकि मुझे इस पर गुस्सा था। इसके साथ ऐसा ही होना चाहिए था।"

"तुम किस आतंकी संगठन के लिए काम करते हो? बताओ वरना नहीं तो खाल उधेड़ देंगे।"

“मैं किसी सोसायटी या किसी और के साथ सम्बन्धित नहीं हूँ। मुझे कोई परवाह नहीं, मैं मरने से नहीं डरता। बुढ़ापे का इंतजार करके मरने का क्या लाभ। उसका कोई लाभ नहीं। आप उस वक्त मरो जब आप जवान हो, यह अच्छा है। मैं भी यही कर रहा हूँ। मैं अपने देश के लिए मर रहा हूँ।”

“ओह! देश के लिए मर रहा है।” वह बौखला गया।

रोडियो ने जनरल ओ डायर के कत्ल की खबर पूरी दुनिया को दे दी। 14 मार्च की अखबारों में छपा कि ऊधम सिंह ने जलियाँवाला बाग हत्याकाण्ड के दोषी जनरल ओ डायर को मार दिया है। 15 मार्च को ऊधम सिंह से पूछताछ करते वक्त पूछा गया, “पासपोर्ट में तुम्हारा नाम ऊधम सिंह है फिर वह क्यों अपना नाम मुहम्मद सिंह आजाद बताता है?”

“मैं 5 साल का था तब मेरा पिता मर गया था, फिर मैं जब 7 वर्ष का हुआ, तब मैंने अपने आपको मुहम्मद सिंह बताना शुरू किया।” उन्होंने उत्तर दिया, “मुझे मुहम्मद धर्म पसन्द है। मैंने मुहम्मद लोगों के साथ मिलने की कोशिश की।”

“तुम हमसे द्वेष क्यों करते हो?”

“मैंने ब्रिटिश साम्राज्यवाद के अधीन भारत में लोगों को भूख से मरते देखा है। अपने इस विरोध के लिए मुझे कोई अफसोस नहीं है।”

उल्लेखनीय है कि इस हादसे के बहुत पहले ऊधम सिंह भारत में एक सोशलिस्ट कार्यकर्ता की हैसियत से विद्रोहात्मक भाषण देने पर कुछ समय तक जेल में भी रहे थे।

ऊधम सिंह पर एक अप्रैल 1940 को ओ डायर हत्यकाण्ड के

अपराध में सैंट्रल क्रिमिनल कोर्ट ओल्ड बैली में न्यायधीश एटकिंसन के समक्ष केस दायर किया गया। 1 अप्रैल, 1940 को उन पर औपचारिक रूप से हत्या का मुकदमा शुरू किया गया।

उन पर मुकदमा चला। अदालत में जब उनसे सवाल किया गया, ''तुम डायर के साथियों को भी मार सकते थे, किन्तु तुमने ऐसा क्यों नहीं किया।''

इस पर ऊधमसिंह ने उत्तर दिया, ''वहाँ पर कई महिलाएँ भी थीं और भारतीय संस्कृति में महिलाओं पर हमला करना पाप है।''

''ओह! पर ओ डायर को क्यों मारा, भारतीय संस्कृति में तो हत्या करना भी पाप है।''

''मैं पहले भी बता चुका हूँ कि मैंने ओ डायर को मारा, क्योंकि वह इसी के योग्य था। मैंने ब्रिटिश राज्य में अपने देशवासियों की दुर्दशा देखी है। मेरा कर्तव्य था कि मैं देश के लिए कुछ करूँ। मुझे मरने का डर नहीं है। देश के लिए कुछ करके जवानी में मरना चाहिए।''

इसी बीच ऊधम सिंह ने जेल में भूख हड़ताल शुरू कर दी। उन्होंने 42 दिन तक भूख हड़ताल जारी रखी। उन्हें जबरदस्ती तरल पदार्थ दिया गया। अंततः ब्रिटिश जज एटकिंसन ने त्वरित अदालती कार्यवाही करते हुए भारत माता के वीर सपूत ऊधम सिंह को सजा-ए-मौत का फरमान जारी कर दिया। सजा के विरूद्ध अपील दायर की गई, जो 15 जुलाई 1940 को खारिज हो गई।

मौत की सजा को सुनकर वीर क्रांतिकारी ऊधम सिंह को कोई आश्चर्य नहीं हुआ। उन्होंने अपने अंतिम उद्‌गार इसी तरह व्यक्त किए, जिस तरह कोर्ट की कार्रवाई के दौरान व्यक्त किए थे। वे सदा अपने बयानों पर अड़िग रहे। उन्होंने पुनः वही कहा, ''मैं परवाह नहीं

करता, मर जाना कोई बुरी बात नहीं है। क्या फायदा है, यदि मौत का इंतजार करते हुए हम बूढ़े हो जाएँ? ऐसा करना कोई अच्छी बात नहीं है। यदि हम मरना चाहते हैं तो युवावस्था में मरें। यही अच्छा है और यही मैं कर रहा हूँ। मैं अपने देश के लिए मर रहा हूँ।"

उन्होंने स्पष्ट रूप से कहा – "पैदा होना और फिर मर जाना तो चलता रहा है, जो पैदा हुआ है वह एक न एक दिन मरेगा ही, लेकिन जो देश व धर्म के कल्याण के लिए मरता है, वह मरकर भी अमर हो जाता है।"

प्रतिशोध पर प्रतिक्रिया

भारत के सम्मान की रक्षा के लिए शहीद हुए वीर ऊधम सिंह के इस वीरतापूर्ण कार्य पर देश में सर्वत्र उल्लास प्रकट किया गया और दुनियाभर में इसकी चर्चा रही।

जनरल ओ डायर की मृत्यु की भारत में बहुत अच्छी प्रतिक्रिया हुई थी। आम जनता जलियाँवाला बागकाण्ड का बदला लेने से खुश थे। नौजवानों ने जगह-जगह सम्मेलनों में ऊधमसिंह जिन्दाबाद, ऊधमसिंह अमर रहे के नारे लगाए, किन्तु गांधी जी व नेहरू जी की प्रतिक्रियाएँ अत्यन्त दुःखभरी थी।

गांधी जी ने अपने समाचार पत्र हरिजन में लिखा था कि

"मैं ऊधमसिंह के इस कार्य से अत्यन्त दुःखी हूँ। माइकल ओ डायर से हमारे मतभेद हो सकते हैं, किन्तु क्या हमें उनकी हत्या कर देना चाहिए? ये हत्या एक पागलपन में किया गया कार्य है और अपराधी पर बहादुरी के अहं का नशा सवार है। जीटलैण्ड से हमारे मतभेद होते हुए भी उनके प्रति कोई विद्वेष की भावना नहीं है। मैं इस काण्ड पर खेद व्यक्त करता हूँ।"

पं. नेहरू ने कहा कि "मुझे हत्या का गहरा दुःख है और मैं इसे शर्मनाक कृत्य मानता हूँ।"

गौरतलब है कि इन्हीं नेहरू ने 1962 में पंजाब में भाषण देते समय

कहा था कि "मैं ऊधम सिंह को नमन करता हूँ। ऊधमसिंह ने फांसी का फन्दा स्वीकार करके हमें आजादी प्रदान की है।"

सुभाषचन्द्र बोस जी ने उस समय खुले दिल से ऊधम सिंह जी के कार्य का समर्थन किया। उन्होंने कहा था कि "मैं ऊधम सिंह को महान देशभक्त मानता हूँ। उन्होंने जो किया वह सराहनीय है। देश उनके इस महान कार्य को ठीक इसी प्रकार याद रखेगा, जैसे राम द्वारा रावण की हत्या को याद रखा जाता है। जब-जब अधर्म बढ़ता है, जब-तब दिव्य आत्मा धर्म की रक्षा के लिए इस पावन भूमि में जन्म लेती ही है। वे भी दिव्य आत्मा थे।"

केवल सुभाषचन्द्र बोस ने ऊधमसिंह के इस काण्ड की कई मंचों पर जमकर तारीफ की थी। उन्होंने इस कृत्य को जायज ठहराया और कहा कि इस समय द्वितीय विश्वयुद्ध में संलग्न ब्रिटेन की अस्थिरता का हमें फायदा उठाना चाहिए। युद्ध के पश्चात अंग्रेज हमें आजादी दे देंगे।

स्वतंत्र अखबारों ने उनके कार्य का समर्थन किया, और उन्हें नाजी कहे जाने का विरोध करते हुए लिखा की शायद आगे इतिहासकार जानेंगे कि भारत में ब्रिटिश राज को खत्म करने वाले नाजी नहीं, बल्कि खुद अंग्रेजों की बरती क्रूरताएँ थीं। कानपुर की एक आमसभा में आर्य समाजी महाशय कृष्ण ने कहा कि आखिर अब जलियाँवाला बाग का दर्द कम हो सका है। भारत में मिलीजुली प्रतिक्रिया रही, किन्तु यूरोप की प्रेस में अधिकतर छिपे शब्दों में उनका समर्थन ही किया गया। यूरोप के पत्रकारों को जलियाँवाला बाग की भयानक घटना भूली नहीं थी।

ऊधमसिंह द्वारा ओ डायर की हत्या की यूरोप में अच्छी प्रतिक्रिया

हुई। खासकर जर्मनी ने खूब तारीफ की। जर्मनी में बर्लिन से निकलने वाले समाचार पत्रों में इस कृत्य को भारत की स्वतंत्रता की चिंगारी कहा।

एक जर्मन पत्र ने लिखा कि "इंगलैंड जब संसार के न्यायालय में इस बात का ढिंढोरा पीट रहा है कि भारत प्रसन्न और संतुष्ट है और युद्ध प्रयत्नों में उसके साथ है, तब उसके साम्राज्य की खास राजधानी में ही भारत के इस वीर सपूत ऊधमसिंह ने रिवाल्वर की अपनी गोलियों से युद्ध का डंका बजा दिया है और अपने इस कार्य से वह भारत का अधिवक्ता बन गया है।"

जर्मनी रेडियो ने कहा कि "नरसंहार से उत्पीड़ित व्यक्तियों की आवाज आज गोली की आवाज के रूप में आई है। जिस प्रकार हाथी बदला लेना नहीं भूलते, ठीक इसी प्रकार भारतीय लोग भी बदला लेना नहीं भूलते हैं और बीस वर्ष बाद बदला लेकर एक भारतीय ने ये सिद्ध कर दिया है।"

लन्दन टाइम्स ने ऊधमसिंह को स्वतंत्रता का लड़ाकू कहा, तो एक दूसरे समाचार पत्र ने उसे निडर व निर्भीक कहा।

ऐतिहासिक बयान

जलियाँवाले बाग के नरसंहार से भारतीय क्रांतिकारियों में बहुत आक्रोश उठा था और खून का बदला खून से लेने के लिए वह बेचैन हो गये थे। ऊधम सिंह ने इस नरसंहार का बदला लिया। 2 अप्रैल 1940 को उन्हें अदालत में पेश किया गया। उन्होंने न्यायाधीश के सामने जो बयान दिया, उसे मूल रूप में यहाँ पर दिया जा रहा है :

''मैंने यह हत्या इसलिए की है कि मुझे इस दरिंदे से घृणा थी। उसे जो सजा मिली है, वह उसी के योग्य था। वह सच्चे अर्थों में एक अपराधी था। वह मेरे वतन के लोगों की आत्मा की हत्या करना चाहता था। इसलिए मैंने उसकी हत्या कर दी है। अगर आप सच माने तो मैं पूरे 20 वर्षों से बदला लेने के लिये यहाँ घूम रहा था। मुझे खुशी है कि मैंने अपना काम पूरा कर लिया है। मैं मौत से नहीं डरता। मैं जवान मौत मरना चाहता हूँ। बूढ़ा होकर या अपाहिज होकर मरने का क्या लाभ? मैं अपने देश की जनता के लिए अपने प्राण त्याग रहा हूँ देश के लिए प्राण उत्सर्ग कर रहा हूं। क्या लार्ड जेटलैंड भी मर गये हैं। उनको जरूर मारना चाहिए। मैंने अपनी आंखों से देखा है कि अंग्रेजी हुकूमत से भारत की जनता दुःखी है, भूख से मर रही है। मैं इसके विरोध में अपनी यह प्रतिक्रिया व्यक्त कर रहा हूँ। यह मेरा कर्तव्य है। इससे ज्यादा सम्मान मुझे क्या दिया जा सकता

ऊधम सिंह के एक वास्तविक चित्र का रेखांकन

है कि अपनी प्यारी मातृभूमि के लिए मैं मृत्यु को वरण करूँ।" जब न्यायाधीश ने उनका नाम पूछा तो ऊधम सिंह ने जवाब दिया, "मेरा नाम ऊधम सिंह नहीं है। मेरा नाम राम मुहम्मद सिंह आजाद हैं।"

उन्होंने राम शब्द का प्रयोग हिन्दुओं के लिए, मोहम्मद शब्द का प्रयोग मुसलमानों के लिए, सिंह का प्रयोग सिखों के लिए और आजाद शब्द का प्रयोग अपने देश की आजादी के लिए किया था। जब ऊधम सिंह लंदन जेल में थे उस समय जब कोई कैदी उन्हें नाम से बुलाता था, तो उन पर इसकी तुरंत प्रतिक्रिया होती थी। जेल से लिखे हुए

अपने एक पत्र में उन्होंने कहा था, 'मैं कैदी नहीं हूँ, मैं तो इंग्लैंड की महारानी का सरकारी मेहमान हूँ।

ऊधम सिंह ने ओ डायर को मारा, कबूल किया उनको फांसी की सजा सुनवाई गयी। अंत में उन्हें 31 जुलाई 1940 को फांसी दे दी गयी। एक क्रांतिकारी का अंत हो गया पर भारतीय आज भी उन्हें बड़ी इज्जत से याद करते हैं। शहीद ऊधम सिंह नाम की एक फिल्म बनाकर भारत में उन्हें सच्ची श्रद्धांजलि दी गई। इस फिल्म में राजबब्बर, शत्रुघ्न सिन्हा, अमरीश पुरी, टॉम एल्टर, जूही चावला, रंजीत, किमी वर्मा आदि कलाकारों ने यादगार भूमिकाएँ निभाई हैं। शहीद ऊधम सिंह 2000 में बनी हिन्दी भाषा की फिल्म है।

जेल का जीवन

एक समय ऐसा भी आया था जब ब्रिटेन में किसी को भी मृत्यु की सजा देना बंद कर दिया गया था। मृत्यु की सजा ना देने का कारण यह था कि कैदियों की संख्या इतनी बढ़ गई थी कि यदि उन्हें फांसी की सजा दी जाती, तो फिर उनके अवशेष का क्या किया जाता, इसका कोई हल नहीं था। ज्यादा से ज्यादा कैदियों को रखने के लिए वहाँ नए और मॉडर्न जेल बनाने की कवायद शुरू हुई। इस कड़ी में 1842 में मॉडर्न जेल बना, जिसका नाम पेंटोनविले प्रिजन था। इसी जेल में ऊधम सिंह को भेजा गया था।

पेंटोनविले प्रिजन जेल को बनाने का काम अप्रैल 1840 में शुरू हुआ और 1842 में यह बनकर तैयार हुआ। इस जेल की खास बात यह थी कि इस जेल में 520 कैदियों को रखने के लिए सेल बनाए गए थे और साथ ही पेंटोनविले जेल में बहुत ही छोटी-छोटी खिड़कियाँ थीं। पेंटोनविले जेल में कुछ खास नियम थे जैसे कि एक कैदी किसी भी और कैदी से बात नहीं कर सकता था। रोज जेलर के साथ मीटिंग्स में भी कैदियों के बैठने के लिए क्यूबिकल्स बने थे। इसमें बैठने के बाद कोई कैदी एक-दूसरे को देख नहीं सकता था। सिर्फ जेलर उन सबको देख सकता था। कैदियों को सुबह के छह बजे से रात के सात बजे तक काम करना पड़ता था। मृत्युदंड देने का काम पेंटोनविले जेल

में होने लगा। इसी जेल में आयरलैंड के क्रांतिकारी रोजर कैसमेंट को 1916 में फांसी दी गई थी।

शहीद ऊधम सिंह को पेंटोनविले जेल में ही फांसी देने के मकसद से रखा गया था। ऊधम सिंह को माइकल ओ डायर को मारने के लिए फांसी की सजा दी गई थी। माइकल ओ डायर जालियाँवाला बाग हत्याकांड करने के लिए दोषी था। लेकिन उनसे भी पहले एक और भारतीय क्रांतिकारी को इसी जेल में फांसी दी गई थी, जिनके बारे में बाद में पता चला। यह शहीद थे मदन लाल ढींगरा, जिनको कर्जन वाईली की हत्या करने के आरोप में ब्रिटिश सरकार ने इसी जेल में 1909 में फांसी दी थी। उसके बाद उनके पार्थिव शरीर को ना तो उनको परिवार को सौंपा गया और न ही उनके साथी विनायक दामोदर सावरकर को।

मदन लाल का हिंदू रीतियों से अंतिम संस्कार न कर अंग्रेजों ने कॉफिन में बंद कर दफना दिया था। किसी को यह पता नहीं था कि पेंटोनविले जेल में मदन लाल की कब्र है। जब अधिकारी शहीद ऊधम सिंह के अंतिम अवशेष लेने के लिए जेल पहुँचे तो उन्हें इस महान शहीद की कब्र के बारे में भी पता चला। 1976 में मदन लाल के अंतिम अवशेष को भारत लाया गया। इस महान शहीद को 67 साल बाद अपने मादरे-वतन की मिट्टी नसीब हुई। सच ही है कि देश के लिए शहीद होने वाले व्यक्ति हमेशा के लिए अमर हो जाते हैं और ऐसे शहीदों को कभी भी भूला नहीं जाता है। एक दिन उधम सिंह से एक कैदी ने पूछा, "सुना है तुम्हें फांसी होने वाली है?"

"हाँ होने वाली है," उधम सिंह ने हँसते हुए कहा, "क्या तुम्हें अभी यह बात पता चली है।"

"लेकिन तुम तो हमेशा मुस्कुराते रहते हो," उस कैदी ने कहा, "क्या फांसी की सजा सुनकर भी तुम चिंतित नहीं हो? तुम्हें मौत का भय नहीं है?"

"मुझे मौत का भय क्यों होगा भला?" ऊधम सिंह ने कहा, "हिन्दू तो मरकर दोबारा जन्म ले लेता है। हमारा मरना तो ऐसा ही है, जैसे के नए वस्त्र धारण कर लिए हों। दोबारा जन्म लूंगा और फिर आततायी अंग्रेजों को मारूँगा।"

शहीद ऊधम सिंह के एक वास्तविक चित्र की अनुकृति

“और फिर फांसी चढ़ोगे,” उस कैदी ने कहा, “लेकिन कब तक ऐसा चलेगा?”

“जब तक भारत आजाद नहीं हो जाएगा, मैं मरकर जन्म लेता ही रहूंगा।” वह खिलखिला पड़ा था और फिर गीता का श्लोक सुना दिया था :

यदा यदा हि धर्मस्य ग्लानिर्भवति भारत ।
अभ्युत्थानमधर्मस्य तदात्मानं सृजाम्यहम् ।।
परित्राणाय साधूनां विनाशाय च दुष्कृताम् ।
धर्मसंस्थापनार्थाय सम्भवामि युगे युगे ।।

अर्थात् : जब जब धर्म की हानि होने लगती है और
अधर्म आगे बढ़ने लगता है, तब तब मैं
स्वयं की सृष्टि करता हूँ, अर्थात् जन्म लेता हूँ।
सज्जनों की रक्षा एवं दुष्टों के विनाश
और धर्म की पुनःस्थापना के लिए
मैं विभिन्न युगों मैं अवतरित होता हूँ।

“मगर तुम तो सिख हो हिंदू नहीं,” उस कैदी ने कहा तो इसके बाद उन्होंने एक कविता और गाई थी, जो इस प्रकार है :

पिता वारिया ते लाल चारों वारे
ओ हिन्दू तेरी शान वदले।

जनम गुरांदा पटने साहिबदा, जनम गुरांदा पटने साहिबदा।
आनन्दपुर डेरे लाया...ओ हिन्दू तेरी शान वदले।

पिता जिन्हां दे तेग बहादुर, पिता जिन्हां दे तेग बहादुर
माँ गुजरी दे जाए...ओ हिन्दू तेरी शान वदले।

हेठ गुरां दे निला घोड़ा, हेठ गुरां दे निला घोड़ा,
हत्थ विच बाज सुहाया...ओ हिन्दू तेरी शान वदले।

चल्लो वीरो चल दर्शन करिये, चल्लो वीरो चल दर्शन करिये
गुरु गोविंद सिंह आये...ओ हिन्दू तेरी शान वदले।

ऊधम सिंह ने कविता कहकर उस कैदी से कहा – "सिख धर्म हिन्दुत्व का अभिन्न अंग है। हिन्दू धर्म की रक्षा के लिए ही सिखों का उदय हुआ। हममें फूट मत डालो, वरना खुद नष्ट हो जाओगे।"

बलिदान

शहीदों की चिताओं पर लगेंगे हर बरस मेले।
वतन पर मिटने वालों का, बाकी यहीं निशां होगा।।

ये पंक्तियां उन असंख्य जाने-अनजाने शूरवीर देशभक्त शहीदों के प्रति कृतज्ञता व सम्मान की प्रतीक हैं, जिन्होंने, देश की आजादी के लिए अपना सर्वस्व न्यौछावर कर दिया और हँसते-हँसते अपने प्राणों की कुर्बानी तक दे गए।

ऐसे ही महान शूरवीर देशभक्त शहीदों में 'जंग-ए-आजादी' के महायोद्धा सरदार ऊधम सिंह का नाम भी स्वर्णिम अक्षरों में दर्ज है। जब भी देश के अमर क्रांतिकारियों और शहीदों का जिक्र होता है, तो उसमें शहीद ऊधम सिंह का नाम बड़ी शान से लिया जाता है। अंग्रेजों ने औपचारिकता के लिए ऊधम सिंह के विरूद्ध मुकदमा चलाया।

जब उनसे उनका नाम पूछा गया तो मां भारती के इस सच्चे आराधक ने अपना नाम 'राम मुहम्मद सिंह आजाद' बताया। परंतु बाद में तहकीकात करने से पता चला कि उनका वास्तविक नाम ऊधम सिंह है, जो कि पहले भारत में भी देशभक्ति के आरोप में जेल काट चुका है। 'ओल्ड वेली सेंट्रल क्रिमिनल मार्ट' नामक न्यायालय में चले मुकदमे में सारी जूरी के जज ऊधम सिंह के प्रति पूर्वाग्रहग्रस्त थे।

उनके सामने फिर भी उन्होंने बड़ी निर्भीकता से कह दिया कि

उन्हें अपने किये का कोई पश्चाताप नहीं है। क्योंकि भारत मां के साथ और मेरे देशवासियों के साथ अब से पूर्व जो कुछ किया गया है उसकी प्रतिक्रिया में ही मैंने यह कार्य किया है। ओ डायर के साथ जो कुछ किया गया है वह वास्तव में उसी के योग्य था। उन्होंने अंग्रेजों से पूछा था कि क्या लार्ड जैटलैण्ड अभी तक नहीं मरे? मैंने उन्हें यहां (अपने पेट से कपड़ा उठाकर) गोली मारी थी।

इस प्रकार की निर्भीकता को देखकर ऊधम सिंह को जजों ने प्राणदण्ड देने का फैसला किया और 12 जून 1940 को फांसी की सजा सुना दी गई और 31 जुलाई 1940 को उन्हें 'पेंटोनविले जेल' में फाँसी दे दी गयी। इस महान शहीद को इसी जेल के अहाते में दफना दिया गया। भारत माँ के इस अनूठे लाल की शहादत को देशभर में सलामी दी गई। सत्तर के दशक में शहीद ऊधम सिंह के अवशेषों को लाने की कवायद शुरू की गई। इस प्रकार भारत माँ का एक अमर सपूत, भारत माँ का एक अमर क्रांतिकारी भारत माँ के सम्मान के लिए उसके गौरव के लिए तथा माँ की महिमा के लिए अपना आत्मोत्सर्ग दे गया। यह क्रांतिकारी भारतीय स्वाधीनता संग्राम के इतिहास में अमर हो गया।

जब भारत आए शहीद के अवशेष

भारत की आजादी के बाद लोग ऊधम सिंह को कई वर्षों तक भूले बैठे रहे। मगर जब 1972 में ज्ञानी जैल सिंह की सरकार पंजाब में बनी और वह वहाँ के मुख्यमंत्री बने, तब उन्होंने केन्द्रीय सरकार से सलाह मशविरा करके साधू सिंह एम.एल.ए. और मंत्री उमरा सिंह तथा मुख्य सचिव सरदार आर.एस. तलवार को इंग्लैण्ड भेज कर शहीद ऊधम सिंह की अस्थियों को भारत वापस मंगवाया गया। उन्हें 19 जुलाई 1974 के पालम हवाई अड्डे दिल्ली में बड़े सत्कार के साथ जहाज से उतारा गया। दिल्ली के कपूरथला हाऊस में उनकी अस्थियों को तीन दिन तक रखा गया। जहाँ प्रधानमंत्री इंदिरा गांधी तथा अन्य केन्द्रीय मंत्रियों ने शहीद ऊधम सिंह को श्रद्धांजलि दी।

23 जुलाई को शहीद ऊधम सिंह की अस्थि कलश यात्रा दिल्ली से शुरू हो कर चण्डीगढ़, लुधियाना, जालन्धर, अमृतसर, फिरोजपुर, भठिण्डा आदि शहरों से होती हुई आखिर 31 जुलाई 1974 को उनके पैतृक गाँव सुनाम पहुंची। जहां लाखों लोगों ने शहीद ऊधम सिंह की अस्थियों के दर्शन किये। सुनाम में पूरे राजकीय सम्मान के साथ उनका अन्तिम संस्कार किया गया। पंजाब के मुख्यमंत्री ज्ञानी जैल सिंह ने उनकी चिता को अग्नि देकर अन्तिम संस्कार की रस्म को

पूरा किया। लोगों ने ऊधम सिंह अमर रहे के नारे लगाए। अन्त में उनकी अस्थियों का कुछ हिस्सा कीरतपुर साहिब और कुछ हिस्सा हरिद्वार में जल प्रवाह किया गया। कुछ अस्थियों को गागर में डाल कर अमृतसर के जलियाँवाला बाग में सुरक्षित रखा गया।

आज भी शहीद ऊधम सिंह का जन्म दिवस तथा शहीदी दिवस पंजाब में प्रतिवर्ष मनाया जाता है। यहाँ पर सतगुरु कबीर साहब की पंक्तियों को दोहरा कर शहीद ऊधम सिंह को श्रद्धांजलि देना उचित रहेगा :

जननी जने तो भक्त जन या दाता या सूर।
नाहीं तो जननी बाँझ रहे वो काहे गवावे नूर।

स्मारक

पंजाब के ऐतिहासिक नगर अमृतसर का जलियाँवाला (जलियां नामक एक माली का) बाग भारत के क्रांतिकारी स्वतंत्रता आंदोलन का गौरवमयी स्मारक है। यहाँ देश के 2000 उन स्वतंत्रता सेनानियों का स्मारक है, जिन्हें पंजाब के तत्कालीन मुख्य प्रशासक ओ डायर और लैफ्टिनेन्ट गवर्नर डायर (दोनों नाम और व्यक्ति अलग-अलग हैं) ने अपनी पाशविकता का शिकार बनाया था। जी हाँ, हम 13 अप्रैल 1919 की बैशाखी के दिन घटित उसी जलियाँवाला बाग हत्याकांड की चर्चा कर रहे हैं, जिस के 'लाल-गारे' से क्रांतिकारी शहीद ऊधम सिंह के जीवन का निर्माण हुआ था। सचमुच यह 'लाल-गारा' भारत की अस्मिता और गौरव की हत्या करके बनाया गया था।

भारत की इसी अस्मिता और गौरव की रक्षा इस घटना के 21 वर्ष पश्चात भारत की माटी के लाल ऊधम सिंह ने लंदन में 12 जून 1940 को इस बाग के हत्याकांड के मुख्य अपराधी 'ओ डायर' की हत्या करके की थी। देश को अंग्रेजों के अत्याचार तथा गुलामी से स्वतन्त्र कराने के लिए अनगिनत देशभक्त क्रान्तिकारियों ने हँसते-हँसते अपने प्राणों की आहुति दी है। उन्हीं शूरवीरों में अमर शहीद ऊधम सिंह का नाम आदर व श्रद्धा से लिया जाता है। आजादी के बाद अमेरिकी डिजाइनर बेंजामिन पोक ने जलियाँवाला बाग स्मारक का डिजाइन तैयार किया, जिसका उद्‌घाटन 13 अप्रैल 1961 को किया गया।

स्मारक का विहंगम दृश्य

परंतु इसे विडंबना ही कहेंगे कि आज शहीद ऊधम सिंह का संगरूर, सुनाम स्थित घर को देखकर कोई यह नहीं कह सकता कि यह किसी महान क्रान्तिकारी का घर है। वहाँ बनी उनकी समाधि भी देखकर ऐसी नहीं लगती कि यह किसी वीर शहीद की समाधि है।

मेट्रोपोलिटन पोलिस रिपोर्ट, दिनांक 16 मार्च 1940 में लिखा है, "हमें उसके जीवन के विषय में सूचना मिली है कि वह एक बेहद सक्रिय, अनेक स्थानों की यात्रा किया हुआ, राजनीति से प्रेरित, धर्मनिरपेक्ष विचारधारा वाला युवक था तथा उसके पास अपने जीवन का महान उद्देश्य था। वह साम्यवाद का समर्थक था और भारत में ब्रिटिश शासन के प्रति उसके हृदय में प्रबल घृणा थी।"

•••

प्रश्नोत्तरी

1. शहीद ऊधम सिंह की माँ का क्या नाम था?
   - (अ) जल्लोदेवी
   - (ब) सीताकोर
   - (स) नारायणी देवी
   - (द) बलबीरी

2. शहीद ऊधम सिंह का जन्म कब हुआ?
   - (अ) 2 मार्च 1931
   - (ब) 15 अगस्त 1947
   - (स) 6 मार्च 1936
   - (द) 26 दिसंबर 1899

3. किशन सिंह रागी कौन था?
   - (अ) शिक्षक
   - (ब) पथिक
   - (स) मोची
   - (द) भजनी

4. शहीद ऊधम सिंह किस अनाथालय में पले-बढ़े थे?
   - (अ) आर्य अनाथालय
   - (ब) खालसा अनाथालय
   - (स) गुरु अनाथालय
   - (द) गुरुकुल कांगडी

5. 30 अगस्त 1927 को ऊधम सिंह को किस एक्ट के तहत गिरफ्तार किया गया?
   - (अ) आर्म्स एक्ट
   - (ब) बंइक एक्ट
   - (स) शस्त्र कानून
   - (द) रोलेट एक्ट

6. सरदार भगत सिंह को किस दिन फांसी मिली?

(अ) 23 मार्च 1931 (ब) 15 मार्च 1936

(स) 23 अप्रैल 1936 (द) 15 अगस्त 1931

7. जलियाँवाला बाग हत्याकांड कब हुआ?

(अ) 20 मार्च 1919 (ब) 13 अप्रैल 1919

(स) 20 अप्रैल 1919 (द) 13 अप्रैल 1918

8. 13 अप्रैल 1919 को कौन सा त्योहार था?

(अ) बैसाखी (ब) प्रकाश पर्व

(स) वसंत पंचमी (द) दीवाली

9. जलियाँवाला बाग हत्याकांड का ज़िम्मेदार कौन था?

(अ) अल्फ्रेड (ब) डायर

(स) शहीद ऊधम सिंह (द) गांधी

10. शहीद उधम सिंह कब शहीद हुए?

(अ) 18 जुलाई 1940 को (ब) 15 मार्च 1947

(स) 31 जुलाई 1940 को (द) 13 जुलाई 1941

उत्तर

1. स 2. द 3. द 4. ब 5. अ 6. अ 7. ब 8. अ 9. ब 10. स